बिन पानी समंदर

(सुभाष नीरव की कविताएँ)

बिन पानी समंदर

(कविता-संग्रह)

सुभाष नीरव

प्रलेक प्रकाशन प्रा.लि.
Pralek Prakashan Pvt. Ltd.

प्रलेक प्रकाशन का लोगो विश्व प्रसिद्ध महान चित्रकार **मिकी पटेल** ने बनाया है।

ISBN : 978-81-947467-0-6 (Paper Back)

प्रकाशक

प्रलेक प्रकाशन प्रा.लि.

PRALEK PRAKASHAN PVT. LTD.

वितरक

JVP PUBLICATION PVT. LTD.
602, I-3 Global City,
Virar (west), Thane 401303, Maharashtra
Cell : 9833402902 / 7021263557
Email : pralek.prakashan@gmail.com
Website : www.pralekprakashan.com

पहला संस्करण : 2020

आवरण चित्र एवं सज्जा : सचिन राठौर

पुस्तक सज्जा : Jvp Publication Pvt. Ltd.

लेजर टाइप सेटिंग : आशीष कुमार पाठक

Bin Pani Samandar :
Poetries By Subhash Neerav

बिन पानी समंदर :
सुभाष नीरव

डॉ. नरेन्द्र मोहन जी के नाम...

भूमिका

कविता पढ़ना और उससे अकेले में बात करना, मेरी आदत में तब से शुमार हुआ जब प्रेम क्या होता है, कुछ कुछ समझ में आने लगा था। कविता रही भी है मेरे अकेलेपन की साथिन। बहुत साल पहले मैंने लिखा भी था—''जब भी अकेला और उदास होता हूँ/कविता के बहुत पास होता हूँ।'' कविता से मैंने बहुत अधिक अपेक्षाएँ कभी नहीं पालीं। जिस रूप में, सहज ढंग से वे यदा-कदा मेरे पास आती हैं, मैं उन्हें स्वीकार कर लेता हूँ। मेरी कविता का मेरे साथ एक खिलंदड़ा-सा स्वभाव रहा है। कभी एक मासूम बच्ची की तरह रोज़ ही दरवाज़े की ओट से झाँकने लगती है, कभी सीधे आकर क़रीब बैठ जाती है। और कभी महीनों मेरी तरफ़ अपना रुख नहीं करती। लेकिन मैं उसके पास जाने की कोशिश करता रहता हूँ, अच्छी कविताओं को खोज-खोजकर पढ़ता हूँ, उनके बहाने अपनी रूठी कविता को खोजने-मनाने का यत्न भी करता हूँ। और वह कभी तुनकती है, कभी खिलखिलाकर हँसती है, और क़रीब बैठकर कहती है—''मुझसे अधिक उम्मीदें भी न पालो। मैं इसी तरह आऊँगी और चली जाऊँगी।'' जिस सहजता से वह मेरे पास आती है, उसी सहजता को मैं अपनी कविता में बनाए रखने की हरसंभव कोशिश करता हूँ।

कविता में जटिलता मुझे अक्सर परेशान करती रही है। लेकिन ऐसा नहीं है कि 'जटिलता' कोई परहेज की वस्तु हो। जिस जटिल समय और समाज में हम सब साँस ले रहे हैं, वहाँ कविता में अभिव्यक्ति का जटिल हो जाना स्वाभाविक भी है। परंतु यदि वह जटिलता कविता के पाठक को कविता के पास पहुँचने से रोकती है, तो वह कविता का ही नुकसान करती है, ऐसी मेरी धारणा है। दूसरी तरफ़, मैं अपने अनेक अग्रज और वरिष्ठ कवियों को देखता हूँ जो 'जटिलता' को कविता का एक ख़ास गुण बनाकर पेश करते हैं, परंतु बड़ी निपुणता और कलात्मकता के साथ उस 'जटिलता' को 'सहज धारा' में बदल देते हैं। यानी उनके यहाँ दीखने वाली जटिलता कविता की संप्रेषणीयता में कहीं बाधक नहीं बनती। ऐसी ही कविताएँ मेरे अधिक क़रीब रही हैं।

'बिना पानी समंदर' मेरा तीसरा कविता-संग्रह है। अधिकतर नई कविताएँ हैं, पर कुछ पुरानी कविताओं को भी इनके साथ खड़ा होने का अवसर दिया है ताकि कविता में मेरा नया-पुराना एक साथ पाठकों के समक्ष आ सके। अगर ये आप तक संप्रेषित होती हैं, आपसे छोटा-सा भी संवाद रचाने में सफल होती हैं, तो यह मुझ जैसे कवि के लिए बेहद प्रसन्नता की बात होगी।

'प्रलेक प्रकाशन' का मैं हृदय से आभारी हूँ, जिसने मेरे इस कविता-संग्रह को प्रकाशन के योग्य समझा और आप तक पहुँचाया।

—सुभाष नीरव

15 अगस्त, 2020
नई दिल्ली

अनुक्रम

बिन पानी समंदर...

महायात्रा पर होती है नदी...

बिन पानी समंदर...

बरसों बाद

बरसों बाद
कोई क़रीब आकर बैठा
सर्दियों की गुनगुनी धूप-सा

बरसों बाद
किसी ने यूँ हल्के से छुआ
जैसे छूती है हवा हौले से
देह में सिहरन दौड़ाती

बरसों बाद
यूँ साझे किए
अपने दो बोल किसी ने
जैसे घर की मुँडेर पर
आकर करती है चिड़िया

बरसों बाद
ख़ुशबुओं के सरोवर में उतरा हूँ
डूब जाने के लिए!

❖ ❖ ❖

कमाल

मेरे अंदर कभी
एक रेगिस्तान हुआ करता था
आज वहाँ
हरा-भरा जंगल है
ये ख़ुदा की रहमतों से ज़्यादा
तेरे प्यार की
बारिशों का कमाल है!

❖ ❖ ❖

समंदर

इस समंदर का क्या करूँ
जो खींचता तो है ख़ूब अपनी ओर
पर मेरी प्यास बुझाने के लिए
चुल्लू भर पानी भी नहीं है जिसके पास

लौटता हूँ—
नदियों की तरफ़ ही अपनी प्यास लेकर
पर नदियों की चाहतों में भी तो
ये समंदर ही साँस लेता है!

❖ ❖ ❖

याद की किश्तियाँ

कितना उदास हो जाता है
मेरे अंदर की
झील का पानी
जिस दिन नहीं उतरती हैं
तेरी याद की किश्तियाँ इसमें!

✤ ✤ ✤

पानियों से मुहब्बत

हवा ने कहा—
मैं तेरे साथ हूँ
तू चिन्गारी बन सुलग तो सही
तुझे चिंगारी से आग मैं बनाऊँगी

वो ख़ामोश रहा
उसे तो पानियों से मुहब्बत थी
वो क्या कहता
वह आग-सा जलना नहीं
पानियों-सा बहना चाहता था!

✤ ✤ ✤

नए पते पर दुख

मुझे ढूँढ़ता-खोजता
आख़िर वह पहुँच ही गया
मेरे नए पते पर

वह बहुत नाराज़ था
बोला—
चार दिन सुख क्या रहा तुम्हारे पास
तुमने अपना पता ही बदल लिया?
कोई अपनों के साथ भी ऐसा करता है?
तुम्हें पता है, मैं कितना परेशान रहा तुम्हारे बिन?

और फूट-फूट कर रोने लगा दुख
मेरे सामने बच्चों की तरह!

✤ ✤ ✤

प्रेम की बारिश

एक शब्द मेरे पास था
मैंने उसे पानी पर लिखना चाहा
हवा, धूप और आकाश पर भी
पर लिख नहीं पाया
मैं मायूस हुआ

धरती ने कहा—
आ, मैं तेरे लिए सलेट बन जाती हूँ
काग़ज़ बन जाती हूँ
आ, तू लिख मेरी देह पर

मैंने अपने सीधे हाथ की
तर्जनी को बनाया क़लम
और मिट्टी में उकेर दिए
ढाई आखर

धरती ने महसूस की
अपनी समूची देह में
एक गुदगुदी मीठी-सी

हवा ने प्यार से सहला दिए
मेरे सिर के बाल
धूप ने चूम लिया मेरा मुख

आकाश देखकर मुस्कराया
पानियों में हुई छटपटाहट
वे बादल बन गए
देखते ही देखते
भीगने लगी सारी कायनात
प्रेम की बारिश में...।

❖ ❖ ❖

सूखी नदी-सा प्रेम

जो असम्भव था
उसे सम्भव बनाने में लगा रहा

जो अप्राप्य था
उसे प्राप्त करने की जुगत में रहा

बहुत कोशिश की
सपने टूटे काँच की किरचें न बनें
पर वे टूट कर लहूलुहान करते रहे

ज़िन्दगी की भागमभाग में
प्रेम एक सूखी नदी की तरह मिला
जिसमें कूदकर डूबना असम्भव था

❖ ❖ ❖

पूँजी

तेरी यादों के मोतियों का
ढेर-सा खजाना है मेरे पास

कभी चाहतों के समंदर में
लगाई थीं
गहरी डुबकियाँ मैंने!

✤ ✤ ✤

प्रेम की नदी में

तुम्हारे प्रेम की नदी में
भीगता तो हूँ ख़ूब-ख़ूब
सोखता भी हूँ
तुम्हारे प्रेम की तरलता को
ख़ूब अपने अंदर तक

जब-जब डूबना चाहता हूँ
इस नदी में बहुत गहरे
तो नटखट लहरें
मुझे उछाल कर
सतह पर पटक देती हैं

इस प्रेम की नदी में
लकड़ी के किसी टुकड़े-सा
मैं सतह पर तैरने को अभिशप्त हूँ।

❖ ❖ ❖

पानी में घुला प्रेम

भरी दोपहरी बाहर से
सूखी भुरभुरी मिट्टी लाते थे
अपनी-अपनी ओक में भरकर
आँगन के एक कोने में
छोटा-सा घर बनाने को

आँगन में आते-आते
आधी से ज़्यादा मिट्टी
रेत की तरह
झर जाती थी राह में

फिर मैंने अपनी ओक से
तुम्हारी ओक की मिट्टी में
पानी डाला
मिट्टी का झरना बन्द हो गया

आज इतने बरस बाद
जान पाया
उस पानी में प्रेम घुला था!

✤ ✤ ✤

रेगमार

बड़ा मुश्किल है
इस मोहब्बत को
ख़ुद से
खुरच कर अलग करना

मेरे पास नफ़रत का
कोई रेगमार भी नहीं?

❖ ❖ ❖

इश्क़ का आँगन

बड़ा खुला-खुला सा है
मेरे इश्क़ का आँगन
तेरी यादों के परिंदे
उतरा करते हैं जहाँ
अक्सर
बेख़ौफ़ होकर!

❖ ❖ ❖

मुहब्बत

सच है कि मुहब्बत
रुपये-पैसे खर्च करके
ख़रीदी नहीं जा सकती
इसलिए मैंने
ज़िन्दगी खर्च की
और मुहब्बत ले ली!

❖ ❖ ❖

छुअन

एक मीठी-सी सिहरन
दौड़ गई है पूरी देह में
यकायक
जैसे अभी-अभी
छुआ हो तेरी उँगलियों ने मुझे
तभी फ़ोन पर तेरा मैसेज चमका—

मेरे हाथों में है तेरी किताब
मैं पढ़ रही हूँ तुझे
वरका-वरका!

✤ ✤ ✤

चुप से मुलाक़ात

आज एक चुप से मुलाक़ात हुई
मेरे बहुत पास बैठी रही
उससे बात करने की कोशिश की
पर वह कुछ बोली ही नहीं
होंठ सिले ख़ामोश बैठी रही
करने को थी मेरे पास बहुत सारी बातें
जैसे—
तुम आजकल मेरे पास नहीं आती हो
आती हो तो इतनी थोड़ी देर कि
पता ही नहीं चलता
कब आई और कब चली भी गई
जैसे
तुम गूँगी हो क्या?
या शब्दों से तुम्हारी दुश्मनी है?
जैसे...
जैसे...
जैसे...

बहुत सारी बातें थीं मेरे पास
उससे बतियाने को
पर वह तो जब भी मिलती है
कभी बोलती ही नहीं
जैसे आज नहीं बोली
मेरे इतना क़रीब बैठकर भी
पर चलते समय मुझे लगा

जैसे बग़ैर होंठों की जुम्बिश के
उसने मुझसे कहा हो
दुनिया की किसी भी भाषा का शब्द
मुझसे बड़ा नहीं है
जहाँ निरर्थक हो जाते हैं शब्द
वहाँ मैं अपना अर्थ रखती हूँ...
मेरे पास बैठकर
तुम शब्दों का सहारा न लिया करो
हो सके तो मेरे मौन को सुनो गुनो...

आज यूँ एक चुप से मेरी मुलाक़ात हुई
ख़ाली-ख़ाली सा उसके पास बैठा था
जब उठा तो बहुत भरा-भरा था!

✤ ✤ ✤

हरा जंगल

मेरे इर्द-गिर्द
दूर तक फैला है रेगिस्तान
और मैं
तेरी यादों के
हरे जंगल में गुम हूँ!

✤ ✤ ✤

समंदर की प्यास

अथाह जल का
स्वामी
फिर भी कितना
प्यासा
ये समंदर

नदियों से प्यास बुझाता है!

❖ ❖ ❖

बिन पानी समंदर

ख़्वाहिशों का
ये कैसा समंदर था
जिसमें पानी नहीं था
और
तैर कर जाना था!

❖ ❖ ❖

प्यास

आँखों में
पानी का समंदर लेकर
मैं भटकता रहा
इधर-उधर
प्यासा-प्यासा!

❖ ❖ ❖

परीक्षा

मेरे इर्द-गिर्द
आवाज़ों का
बेइंतहा शोर था
और मुझे
तेरी आवाज़ को पहचान कर
तुझ तक पहुँचना था!

❖ ❖ ❖

बिन शब्दों का प्रेमपत्र

एक भी
शब्द नहीं था
बिल्कुल कोरा था
तेरा ख़त

पर मैंने पढ़ीं उसमें
प्रेम की
ढेर-ढेर इबारतें!

✤ ✤ ✤

चाहत

इसे मेरी चाहत का
जुनून कह या पागलपन
मैं तुझमें बार-बार उतरना चाहता हूँ
रहट के ख़ाली पीपों-सा
और बाहर निकल
तुझसे लिया
तुझमें ही उलीच देना चाहता हूँ
फिर से
तुझमें उतर जाने के लिए!

❖ ❖ ❖

कठिन वक़्त में

बादल नाराज़ थे, सख़्त रूठे हुए
हर तरफ़ तपिश थी,
आग थी
सूखा था

पर ऐसे कठिन वक़्त में
मैं भीग रहा था
भीतर तक
प्रेम की झमाझम बारिश में!

❖ ❖ ❖

सँकरा पुल

एक साँस आती है
एक साँस जाती है
ये कैसा सँकरा पुल है
जिस पर से
एक समय में
एक ही गुज़रता है!

❖ ❖ ❖

प्रेम के पंछी

प्रेम के पंछी ख़तरे में हैं
जंगल में
नफ़रतों की आग सुलगी है

हमें अपने आँसुओं को
बारिशों में बदलना है!

❖ ❖ ❖

सुकून

हो सके तो
बनाए रखना इसे

दर्द की बारिशों में
प्यार की धूप
बहुत सुकून देती है!

❖ ❖ ❖

तुम पर लिखी कविता

एक कविता लिखी थी
तुम्हारे नाम
जिसे न किसी को पढ़ाया
न सुनाया कभी

तुमने भी कहाँ पढ़ी या सुनी
वो कविता

फिर भी वह ज़िंदा है
जब भी पढ़ता हूँ
उस पर
अपनी सारी कविताएँ वार देता हूँ!

❖ ❖ ❖

सुख-दुख

‘यार, जब भी मिलते हो
अपने दुख गिनाने लगते हो...’

‘चलो आज तुमसे
साझा करता हूँ सुख अपना...’

‘पता है, इन दिनों मैंने
ताले में बन्द कर दिए हैं
सारे दुख अपने
और फेंक आया हूँ चाबी
नदी में!’

‘चाबी ही क्यों?
वो बक्सा क्यों नहीं
जिसमें बंद किए सारे दुख अपने?’

‘बक्सा बहुत भारी था...
और फिर
जो इतने बरस मेरे साथ रहे
उन्हें फेकने को दिल नहीं माना...’

❖ ❖ ❖

जन्म-मरण

अभी-अभी दी है
किसी के जन्मदिन पर बधाई

अभी-अभी दे रहा हूँ
विनम्र श्रद्धांजलि किसी को

यकीं पुख़्ता हुआ
ज़िन्दगी और मौत में
बहुत कम फ़ासला है!

❖ ❖ ❖

कविता

कविता खोलती है द्वार
बाहर के ही नहीं
अंदर के भी
मेरे लिए

जीवन की तीखी धूप में
छतरी-सा तन जाती है
मुझ पर कविता

बन जाती है
अँधेरों में उजाला भी

कविता मुझे
कुएँ का मेंढक नहीं
आकाश में उड़ता
परिंदा बनाती है!

❖ ❖ ❖

रूमाल

तुमसे बिछुड़ते हुए
मेरी आँखें डबडबा आई थीं
और मेरी जेब में रूमाल नहीं था

तुमने आगे बढ़कर
अपने दुपट्टे के पल्लू से
पौंछ दिए थे मेरे आँसू

अब तुमसे मिलते वक़्त मैं
जेब में रूमाल नहीं रखता।

❖ ❖ ❖

तुम : तीन चित्र

(1)
मुझे तैरना नहीं आता था
डूबना तय था
डूब ही गया

झील बहुत गहरी थी
तेरी आँखों की...।

(2)
तुमसे मिला था
तो बहुत उदास था

लौटा तो
मधुर संगीत की
स्वर लहरियाँ थीं
मेरे कानों में
तेरी हँसी की...।

(3)
तुम मेरे लिए
किताब नहीं कि
शब्द-शब्द पढ़ता तुम्हें

तुम्हें पढ़ने के लिए
मुझे शब्दों की दरकार नहीं!

नया साल : तीन स्थितियाँ

(1)
जाते साल की आख़िरी रात
तेरी याद जब
सिरहाने आ बैठी
मैंने नींद से 'कुट्टी' कर ली...।

(2)
रूठी तो एक नींद थी
हज़ार-हज़ार करवटें
रात भर
मेरे साथ जगीं...।

(3)
नए साल की पहली सुबह
मुहब्बत का फूल लिए खड़ी थी
और मैं
नफ़रतों से लहूलुहान
अपने हाथ छिपा रहा था!

❖ ❖ ❖

दिन और रात

दिनभर का थका
जब मिलता हूँ तुमसे
तुम बढ़कर मेरा माथा चूम लेती हो
और प्यार से लगा लेती हो मुझको गले अपने
मेरी सारी तपिश, सारी थकान सोख लेती हो
मेरी पलकें मुंदने लगती हैं जब
तब अपनी बुक्कल में लेकर सुला देती हो
एक भरपूर नींद के बाद खुलती है जब मेरी आँखें
मैं अलसाया-सा निकलता हूँ तुम्हारी बुक्कल से
और तरोताज़ा हो सूर्य की चाकरी पर निकल पड़ता हूँ

चलने से पूर्व
करता हूँ तुमसे वादा
कि आऊँगा फिर, लौटूँगा मैं
तुम शाम को मेरा इंतज़ार करना....
इस तरह
हर सुबह तुमसे लेता हूँ विदा
और हर शाम
तुम्हारी बुक्कल में लौट आता हूँ

क्या करूँ
इस बुक्कल के सिवा
कहीं और नींद आती भी तो नहीं!

❖ ❖ ❖

अवसाद और किताबें

जब मैं गहरे अवसाद में था
हर क़रीबी रिश्ता झूठा
पूरी दुनिया निस्सार लगी

किसी से बगलगीर होकर रोने के
मायने ही नहीं बचे
पहली बार आँसुओं की नदी को
उलटा बहते देखा
अपने अंदर की ओर

तब अपने अवसाद को लेकर
मैं किताबों के पास गया
किताबों ने मुझे शरण दी
मेरे अवसाद को पी गईं

वे मेरी माँ बन गईं!

❖ ❖ ❖

छुअन का अहसास

डाक में आई है तेरी किताब
जो तुमने मुझे
दो शब्द लिखकर भेंट की है
ख़ूबसूरत पैकिंग में

भूल गया हूँ किताब को खोलना

हाथों में लेकर तेरी किताब
न जाने कितनी देर
तेरे हाथों की छुअन के
एहसास को जीता रहा
गुमसुम-सा बैठा हुआ!

❖ ❖ ❖

दीवारें

फड़फड़ाता न हो जब तक
कोई कैलेंडर
समय की टिक-टिक न सुनाती हो
कोई घड़ी
न टँगी हो कोई ख़ूबसूरत तस्वीर
या पेंटिंग उनके सीने पर
घर की दीवारें
दीवारें नहीं लगतीं...

दीवारें तब तक
दीवारें नहीं होतीं
जब तक उनकी छाती पर
कोई कील न ठुँकी हो!

❖ ❖ ❖

अर्थ खोते शब्द

इन दिनों शब्दों को लेकर बहुत परेशान हूँ मैं
शब्द खोते जा रह हैं अपने अर्थ

धीरे-धीरे कई शब्द अब
अपने विलोम की भूमिका में तैनात होते दीखते हैं

मैं लिखता हूँ—ख़ुशी
लोग 'विलाप' की मुद्रा अख़्तियार कर लेते हैं

मैं लिखता हूँ—दर्द
लोग ख़ुशी में नाचने लगते हैं
मैं बोलता हूँ—बारिश
चारों ओर सूखा पड़ने लगता है

मैं कहता हूँ—प्रेम
लोग उसे 'घृणा' के रूप में लेते हैं
जहाँ-जहाँ 'शांति' शब्द का करता हूँ प्रयोग
वहाँ वहाँ 'उपद्रव' में बदल जाता है वह

मैं शब्दों को सहला रहा हूँ,
समझा रहा हूँ
किसी बूढ़े अभिभावक की तरह
माना कि बड़ी तेज़ी से बदल रहा है वक़्त
बदल रहे हैं मूल्य,
बदल रही हैं नैतिकताएँ और संस्कार भी

भाषाएँ बदल रही हैं, बोलियाँ भी
पर वे इस बदलते समय में
न बदलें अपने रंग-ढंग
अपने सही अर्थों का न छोड़ें साथ

शब्द अट्टहास कर रहे हैं
उनका अट्टहास मुझे डरा रहा है।

❖ ❖ ❖

अजब बारिश, ग़ज़ब बारिश।

न बादल घुमड़े
न पानी ही बरसा
फिर भी मैं भीगा
अंदर-बाहर
पूरा-पूरा

अजब थी बारिश
ग़ज़ब थी बारिश
दिखती न थी
महसूस होती थी
भीतर-बाहर

क्या ग़ज़ब थी
नेह की बारिश!
प्रेम की बारिश!!

✤✤✤

सर्दियों की धूप

मेरे घर के सामने वाले
चौमंज़िला मकान की बगल से
सुबह-सुबह जब झाँका
मेरी खिड़की में उसने
मैंने कहा—
आई हो तो बैठो कुछ देर
तुम्हारे गुनगुने स्पर्श का
मैं भी ले सकूँ आनंद

वह बहुत जल्दी में थी, बोली—
और भी बहुत हैं मेरी इंतज़ार में
बस थोड़ा-थोड़ा
सबसे मिलती चलती हूँ ...

❖ ❖ ❖

स्मार्ट फ़ोन

मैं सफ़र में था

हसीन लोग
हसीन नज़ारे
कब मेरे क़रीब से गुज़र गए
मुझे पता ही न चला

इधर-उधर देखने की
फुर्सत ही कहाँ थी
सारे सफ़र
मैं तो गड़ाए था उसी में नज़रें

मेरे ख़ूबसूरत पलों का दुश्मन
आजकल मेरे हाथ में रहता है!

तुम और मेरे अँधेरे

बिछ-बिछ गई
रोशनी
मेरी अँधेरी राह में
एक तेरी आमद पर

उम्रभर मिला जो साथ
डरता हूँ
ख़त्म ही न हो जाए कहीं
अँधेरों का वजूद!

❖ ❖ ❖

छतरियाँ

झमाझम बारिश थी
और मेरे पास छतरी नहीं थी

मैं डर रहा था

तुम्हारे पास छतरी थी
फिर भी डर रही थी तुम

ये बारिश का कमाल था
या दोनों के डर का

हम दोनों हुए साथ-साथ
बहुत पास-पास
एक दूजे की साँसों को
महसूस करते
एक ही छतरी के नीचे
झमाझम बारिश में...

पहली बार जाना
डर ही नहीं
छतरियाँ भी
हमें क़रीब लाती हैं...!

✤ ✤ ✤

जाड़े की धूप

घर के जीने में खड़ी थी
जाड़े की गुनगुनी धूप
अनमनी-सी
घर के अंदर आने में
सकुचा रही हो जैसे

बैठ गया सीढ़ियों पर ही मैं
उससे बतियाने
पर उसे जल्दी थी
बिना कुछ कहे, बिना कुछ सुने
वह विदा लेने लगी
और मैं बैठे-बैठे
अपलक देखता रहा उसे
सीढ़ियाँ उतरते हुए!

❖ ❖ ❖

बड़ी लकीर

मैं बड़ी थी सबसे
क्योंकि मेरे पीछे की सारी की सारी
मुझसे छोटी थीं

मेरे आगे का वितान मेरा था
वहाँ कोई नहीं था
बड़ी थी मैं इसलिए भी

एक दिन कोई आया
मुझसे आगे
मुझसे बड़ी लकीर खींचकर चला गया
और मैं छोटी हो गई!

✤ ✤ ✤

यादों की धरती पर

तुमने
मेरी यादों की धरती पर
अपना घर बना रखा है

घर कि जिसके द्वार
खुले रहते हैं सदैव

जब जी चाहता है
तुम आ जाते हो इस घर में
जब जी चाहता है
चले जाते हो इससे बाहर

तुम्हारे आने का
न कोई समय तय है
न जाने का

तुम्हारे आते ही
जीवंत हो उठता है यह घर
तुम्हारे चले जाने से
पसर जाता है इसमें
मरघटों-सा सन्नाटा

तुम्हें हाथ पकड़कर
रोक लेने की
चाहत भी तो पूरी नहीं होती
न जाने कहाँ छोड़ आते हो
तुम अपनी देह
इस घर में आने से पहले!

❖ ❖ ❖

कभी-कभी

कभी-कभी
सदियाँ गुज़र जाती हैं
दो पलों के बीच से

और कभी
एक पल नहीं कटता
सदियों तक!

❖ ❖ ❖

हाथभर का फ़ासला

बेशक
मिटा लीं हमने
मीलों लंबी दूरियाँ
पर सच तो यह है
मिटा नहीं पाए
हम–तुम
हाथभर का फ़ासला!

❖ ❖ ❖

शर्मसार

चट्टान की छाती पर
पूरी ठसक के साथ मस्ती में झूमता
छोटा-सा पौधा
जिसकी फुनगी पर
मुस्कराता-इठलाता है
एक नन्हा-सा फूल

जब से देखा है
मैं ख़ुद से शर्मसार हूँ

नाउम्मीदी की पथरीली ज़मीन को
व्यर्थ ही ढोता रहा मैं आजतक!

✤ ✤ ✤

समय की माँग

ज़रूरी नहीं कि
सब कुछ देखा ही जाए
ज़रूरी नहीं कि
सब कुछ सुना ही जाए
और ज़रूरी यह भी नहीं कि
सब कुछ बोला ही जाए

इस दुनिया में
थोड़ा अँधा हुआ जाए
थोड़ा बहरा हुआ जाए
और थोड़ा गूंगा भी

समय बहुत क्रूर है
समय रहते इसे समझा जाए!

भाषा की नदी

हमारे बीच
भाषा की जो नदी
बहा करती थी
जाने क्या हुआ
एकाएक सूख गई

जिन शब्दों से
होता था हमारा सम्वाद
वे इतनी बार
किए गए प्रयोग
कि घिस-घिस कर लुप्त हो गए

अब हमारे बीच
पसरी है
भाषा की सूखी नदी

अब तुम
उस पार हो गुमसुम
और इस पार
मैं ख़ामोश...

चलो,
अच्छा हुआ
सूख गई भाषा की नदी

अधरों का काम ख़त्म हुआ
कानों को भी मिलेगा आराम
लेकिन—
तुम्हारे नयनों में क्या है
मैं पढ़ सकता हूँ
मेरी आँखों की भाषा को
बाँचना कठिन नहीं तुम्हारे लिए

भाषा की नदियाँ
जब रिश्तों के बीच सूख जाती हैं
तब आँखें सँभालती हैं अपना मोर्चा!

✤ ✤ ✤

अक्सर ऐसा होता है...

अक्सर होता है
कुछ शब्द मुझसे रुठ-रूठ जाते हैं
जब जहाँ मुझे उनकी ज़रूरत पड़ती है
वे पकड़ में नहीं आते हैं
दू...र भाग जाते हैं
विस्मृतियों की खोह में छिप जाते हैं
हठीले बच्चों की तरह!

मैं दौड़ता हूँ उनके पीछे
करता हूँ अनुनय-विनय
विस्मृतियों की खोह से बाहर
लाने की करता हूँ पुरज़ोर कोशिश
पर वे जिद्दी बच्चों-सा ख़ूब छकाते हैं
अपनी इम्पोर्टेन्स दिखलाते हैं
मुझे परेशान देख,
मुँह छिपा खीं-खीं कर हँसते हैं

और जब थक-हार कर
उदास हो हिम्मत हार
मूँद कर आँखें
बैठ जाता हूँ सिर पकड़

वे चुपके से आते हैं,
मेरे कंधों पर, मेरी पीठ पर चढ़ जाते हैं
मुझे गुदगुदाते हैं

ज़ोर-ज़ोर से हँसते हैं
मुस्कराते हैं
मुझसे लिपट-चिपट जाते हैं

अक्सर ऐसा होता है...!

❖ ❖ ❖

महायात्रा पर होती है नदी...

नाख़ून

इन दिनों
नाख़ून मेरी कविता का
हिस्सा होना चाहते हैं

इस पर
मेरे कवि मित्र हँसते हैं
और कहते हैं—
कविता की संवेदन-भूमि पर
नाख़ूनों का क्या काम?
नाख़ूनों पर बात हो सकती है
कविता नहीं।

जैसे
यह जानते हुए भी कि
नाख़ून रोग का कारण होते हैं
फिर भी
फ़ैशनपरस्त और पढ़ी-लिखी स्त्रियों को
बहुत प्रिय होते हैं नाख़ून

या फिर
खाज में खुजलाना
बेमज़ा होता है
बग़ैर नाख़ूनों के

अधिक कहें तो
एक निहत्थे आदमी का
हथियार-भर होते हैं नाख़ून
जो मौक़ा मिलने पर
नोंच लेते हैं
दुश्मन का चेहरा

पर दोस्तो!
मेरे सामने एक ओर नाख़ून हैं
और दूसरी तरफ़
धागे की गुंजलक-सा उलझा मेरा देश
और हम सब जानते हैं
गाँठों और गुंजलकों को खोलने में
कितने कारगर होते हैं नाख़ून!

✤ ✤ ✤

शुक्र है...

शुक्र है—
निरंतर बढ़ रहे इस विषाक्त वातावरण में
बची हुई है
थोड़ी-सी प्राणवायु

शुक्र है—
काग़ज़ और प्लास्टिक की संस्कृति में
बचा रखी है फूलों ने अपनी सुगन्धि
पेड़ों ने नहीं छोड़ी अपनी ज़मीन
नहीं छोड़ा अपना धर्म
स्वार्थ में डूबी इस दुनिया में

बेईमान और भ्रष्ट लोगों की भीड़ में
शुक्र है—
बचा हुआ है थोड़ा-सा ईमान
थोड़ी-सी सच्चाई
थोड़ी-सी नेकदिली

शुक्र और राहत की बात है
इस युद्धप्रेमी और तानाशाही समय में
बची हुई है थोड़ी-सी शांति
बचा हुआ है थोड़ा-सा प्रेम
और
अंधेरों की भयंकर साज़िशों के बावजूद
प्रकाश अभी ज़िन्दा है

और थोड़ी-सी बची इन अच्छी चीज़ों को
बचाना है हमें-तुम्हें मिलकर
एक बेहतर दुनिया के लिए!

❖ ❖ ❖

नाशुक्रे हम

राहों ने कब कहा
हमें मत रोंदो
उन्होंने तो चूमे हमारे क़दम
और ख़ुशामदीद कहा

ये हम ही थे
जो पैरों तले उन्हें रौदते भी रहे
और पहुँचकर अपनी मंज़िल पर
नाशुक्रों की तरह भूलते भी रहे।

✤ ✤ ✤

परिंदे

परिंदे मनुष्य नहीं होते।

धरती और आकाश
दोनों से रिश्ता रखते हैं परिंदे।

उनकी उड़ान में है अनन्त व्योम
धरती का कोई भी टुकड़ा वर्जित नहीं होता
परिंदों के लिए

घर-आँगन, गाँव, बस्ती, शहर
किसी में भेद नहीं करते परिंदे

जाति, धर्म, नस्ल, सम्प्रदाय से ऊपर होते हैं वे

मंदिर में, मस्जिद में, चर्च और गुरद्वारे में
कोई फ़र्क़ नहीं करते
जब चाहें बैठ जाते हैं उड़कर
उनकी ऊँची बुर्जियों पर बेख़ौफ़

कर्फ़्यूग्रस्त शहर की
ख़ौफ़ज़दा वीरान-सुनसान सड़कों, गलियों में
विचरने से भी नहीं घबराते परिंदे

प्रांत, देश की हदों-सरहदों से भी परे होते हैं
आकाश में उड़ते परिंदे
इन्हें पार करते हुए
नहीं चाहिए होती इन्हें कोई अनुमति
नहीं चाहिए होता कोई पासपोर्ट-वीज़ा

शुक्र है, परिंदों ने
नहीं सीखा रहना मनुष्य की तरह
धरती पर।

✤ ✤ ✤

हरियाली

आओ, बचा लें
बाहर-भीतर की हरियाली

बची रहेगी यदि
धरती पर हरियाली
बची रहेंगी
पहाड़ों पर बर्फ़ीली चोटियाँ
बचा रहेगा
नदियों-तालों में जल
बची रहेगी
धरती की उर्वरता...

ख़त्म हो जाएगी
जिस दिन हरियाली
नंगे हो जाएँगे पर्वत
सूख जाएँगी नदियाँ
मिट जाएँगे ताल
गहरे उतर जाएगा जल
धरती की छाती में
शुष्क-बंजर हो जाएगा सब कुछ

हरियाली
बाहर ही नहीं
आदमी के भीतर भी होती है
जो ज़िन्दा रखती है

रिश्तों को
और आदमी को
हैवान होने से रोकती है

ख़तरे में है आज
भीतर-बाहर की हरियाली!
रोज़ रचे जा रहे हैं षड्यंत्र
इसके विरुद्ध

कट रहे हैं जंगल-दर-जंगल
कंक्रीट के जंगलों में
बदल रही है
फसलें उगाती धरती
और हो रहे हैं घातक वार
आदमी की संवेदना पर

बाहर-भीतर की
इस हरियाली को बचाना है
ताकि
बची रहे धरती
बचे रहें पर्वत, नदियाँ, ताल
बचा रहे मनुष्य
और उसकी मनुष्यता!

✤ ✤ ✤

पेड़

आँधी–पानी सहते हैं
धूप में तपते हैं, झुलसते हैं
तूफ़ानों से करते हैं
मल्लयुद्ध!

अपनी ज़मीन छोड़कर
कहीं नहीं जाते ये पेड़

मुसीबतों से डरना
और डरकर भागना
आता नहीं इन्हें

कितने साहसी होते हैं ये पेड़!

आदमी के आस पास होते हुए भी
आदमी की राजनीति से अछूते!

✤ ✤ ✤

काम करता आदमी

कितना अच्छा लगता है
काम करता आदमी

बहुत अच्छा लगता है
लोहा पीटता लुहार
रंदा लगाता बढ़ाई
गोद में बच्चा लिए
पत्थर तोड़ती औरत
और
सड़क बनाता मज़दूर

कितना अच्छा लगता है
मिट्टी संग मिट्टी हुआ किसान
अटेंशन की मुद्रा में
चौकसी करता जवान

अच्छा लगता है
फ़ाइलों में खोया बाबू
पियानों की तरह
'की-बोर्ड' पर उँगलियाँ दौड़ाता टाइपिस्ट

बहुत अच्छी लगती है
धुआँते चूल्हे में फुँकनी मारती माँ
तवे के आकाश पर

चाँद-सी रोटी सेंकती बहन
धुले-गीले कपड़ों को
अलगनी पर सुखाती पत्नी

दरअसल
काम करता आदमी
प्रार्थनारत होता है
और
प्रार्थनारत आदमी
किसे अच्छा नहीं लगता!

❖ ❖ ❖

दरख़्त

मौसम ज़ुल्म ढाता है
और
चूसने लगता है जब हरापन
दरख़्तों के चेहरे
पीले पड़ जाते हैं

आपस में गुप्त
फ़ैसला होता है तब
और सब के सब
दरख़्त
एकाएक नंगई पर उतर आते हैं

हारकर एक दिन
मौसम अपने घुटने टेकता है
और तब फिर से
दरख़्तों पर हरापन फूटता है!

✤ ✤ ✤

ठोकरें

पहली ठोकर
उसके क्रोध का कारण बनी

दूसरी ने
उसमें खीझ पैदा की

तीसरी ठोकर ने
किया उसे सचेत

चौथी ने भरा
आत्मविश्वास उसके भीतर

अब नहीं करता वह
परवाह ठोकरों की!

✤ ✤ ✤

पढ़ना चाहता हूँ अच्छी कविता

मैं पढ़ना चाहता हूँ
एक अच्छी कविता

कविता
कि जिसे पढ़कर
खुल जाएँ
बाहर-भीतर के किवाड़
मन का कोना-कोना
गमकने-महकने लगे
ताज़ी हवा से

कविता
कि जिसे पढ़कर
मन के अँधेरों में उतर आए
रौशनी की लकीर

पढ़ना चाहता हूँ मैं
एक अच्छी कविता

एक ऐसी कविता
जो उतरे मेरे भीतर
जैसे उतरते हैं पहाड़ों पर से
घाटियों में जल-प्रपात
अपने मधुर संगीत के साथ

कविता
तुम आओ तो इसी तरह आना
मेरे पास!

नदी

पर्वत शिखरों से उतरकर
घाटियों-मैदानों से गुज़रती
पत्थरों-चट्टानों को चीरती
बहती है नदी

नदी जानती है
नदी होने का अर्थ

नदी होना
बेरोक निरंतर बहना
आगे...और आगे

कहीं मचलती, कहीं उद्विग्न-उफनती
किनारे तोड़ती
कहीं शांत-गंभीर
लेकिन निरंतर प्रवाहमय

सागर से मिलने तक
एक महायात्रा पर होती है नदी

नदी बहती है निरंतर
सागर में विलीन होने तक
क्योंकि वह जानती है
वह बहेगी
तो रहेगी!

शिखरों पर लोग

जो कटे नहीं
अपनी ज़मीन से
शिखरों को छूने के बाद भी
गिरने का भय
उन्हें कभी नहीं रहा

छोड़ दी जिन्होंने
अपनी ज़मीन
शिखरों की चाह में
वे गिरे
तो ऐसे गिरे
न शिखरों के रहे
न ज़मीन के!

❖ ❖ ❖

बेहतर दुनिया का सपना देखते लोग

बहुत बड़ी गिनती में हैं ऐसे लोग इस दुनिया में
जो चढ़ते सूरज को करते हैं नमस्कार
जुटाते हैं सुख-सुविधाएँ और पाते हैं पुरस्कार

बहुत बड़ी गिनती में हैं ऐसे लोग
जो देखकर हवा का रुख चलते हैं
जिधर बहे पानी, उधर ही बहते हैं

बहुत अधिक गिनती में हैं ऐसे लोग
जो कष्टों-संघर्षों से कतराते हैं
करके समझौते बहुत कुछ पाते हैं

कम नहीं हैं ऐसे लोगों की गिनती
जो पाने को प्रवेश दरबारों में
अपनी रीढ़ तक गिरवी रख देते हैं

रीढ़हीन लोगों की इस बहुत बड़ी दुनिया में
बहुत कम गिनती में हैं ऐसे लोग जो
धारा के विरुद्ध चलते हैं
कष्टों-संघर्षों से जूझते हैं
समझौतों को नकारते हैं
अपना सूरज ख़ुद उगाते हैं

भले ही कम हैं
पर हैं अभी भी ऐसे लोग
जो बेहतर दुनिया का सपना देखते हैं
और बचाए रखते हैं अपनी रीढ़
रीढ़हीन लोगों की भीड़ में!

❖ ❖ ❖

धारा के विरुद्ध

बने बनाए साँचों में ढलना
बहुत आसान होता है

कठिन होता है
अपने लिए अलग साँचा बनाना
और ख़ुद को उसमें ढालना

ऐसा करके देखो—
अलग दिखोगे

धारा के साथ
हर कोई बह सकता है
कठिन होता है
धारा के विरुद्ध तैरना

तैर कर देखो—
अलग दिखोगे

पतंग जब तक
हवा के साथ होती है
उड़ती है पर
ऊँचाइयाँ नहीं छूती

होती है जब
हवा के विरुद्ध
उठती है ऊपर, बहुत ऊपर
और दीखती है
सबसे अलग आकाश में!

✤ ✤ ✤

कैमरा और वे -1

वे हर समय
कैमरे की ज़द में रहना चाहते हैं

कैमरा भी चाहता है
बार-बार होना
उन्हीं पर फोकस

उनके और कैमरे के बीच
हुआ गुपचुप
एक समझौता है
जहाँ-जहाँ वे होते हैं
वहाँ-वहाँ वह होता है!

❖ ❖ ❖

कैमरा और वे -2

वे ख़ुद को
बचाए रखना चाहते हैं
कैमरे की आँख से

कैमरा भी उनसे
पीठ किए रहता है

पोल खुल जाएगी
जो सामने आएँगे
हो जाएँगे नंगे
कहीं के न रह पाएँगे

इसीलिए तो
कर ली है कैमरे से
उन्होंने साँठ-गाँठ
कैमरा भी भूले से अब
नहीं रखता
उन पर अपनी आँख!

❖ ❖ ❖

आदमी की फ़ितरत

पहले तुमने मुझे
अपने होंठों से लगाया
फिर आँच दे दी
मेरा जीवन शुरू हो गया

उठाते रहे लुत्फ़ तुम
कश-दर-कश
जब तक मुझमें आँच थी

पर क्या मालूम था
यही आँच जब बनने लगेगी ख़तरा
तुम्हारी उँगलियों के लिए
तुम मुझे फ़र्श पर फेंक
अपने जूते की नोक से
बेरहमी से मसल दोगे!

❖ ❖ ❖

अपने-अपने रास्ते

छोड़कर सीधे-सरल रास्ते
वह उतरा घाटियों में
चढ़ा पर्वतों पर

सीधे-सरल रास्तों ने
बहुत लुभाया उसे
पर उसने चुनीं
चुनौती भरी राहें

दुर्गम घाटियों में उतरकर
वह सुनता रहा उसका संगीत
और खोजता रहा
गहराइयों का सच

न जाने किस गहरे दुख में
ख़ामोश खड़े थे पहाड़
वह ढूँढ़ता रहा
उनकी ख़ामोशियों के अर्थ

पत्थरों-चट्टानों
नदी, नालों, निर्झरों
फूलों और काँटों को लाँघता
जब वह पहुँचा मंज़िल पर
उसके पास थी
ढेर सारे अनुभवों की पूँजी

पर लोग तो वहाँ
पहले से ही मौजूद थे
जो सीधे-सरल रास्तों से होकर आए थे
और किए जा रहे थे पुरस्कृत!

ख़ुश थे अपनी सफलता पर
जिस समय पुरस्कृत हुए लोग
वह बढ़ रहा था चुपचाप
नई मंज़िल
नई चुनौतियों की तलाश में!

✤ ✤ ✤

कविता का अनहद-नाद

कैसे कोई कविता
एक पुल बन जाती है
कवि और पाठक के बीच

कैसे उतरता है एक कवि
हमारे भीतर
बहुत गहरे
शब्द-दर-शब्द
अपनी कविताओं के ज़रिये

कैसे उसकी कविताओं की दुनिया
हमारी अपनी दुनिया में बदल जाती है

कैसे उसकी कविताओं का रसायन
हमारे रक्त में मिल
दौड़ने लगता है हमारी पूरी देह में
और एक अनहद-नाद
गूँजने लगता है हमारे भीतर

सोच और संवेदना की तार पर कैसे
हमारा समूचा वजूद
बारिश की किसी बूँद-सा
चमकता है, दमकता है किसी मोती-सा
टपक कर गिर जाने के भय से बेख़बर!

(नरेश सक्सेना की कविताओं को पढ़ते हुए)

www.ingramcontent.com/pod-product-compliance
Lightning Source LLC
LaVergne TN
LVHW060413051026
849518LV00007B/2527
* 9 7 8 8 1 9 4 7 4 6 7 0 6 *